Der hyperboräische Esel

oder

Die heutige Bildung

August von Kotzebue

Ein drastisches Drama und philosophisches Lustspiel für Jünglinge

In einem Aufzuge

Personen.

Baron Kreutz.

Malchen, seine Tochter.

Frau von Berg, seine Schwester, eine arme Witwe.

Karl,
Hans, ihre Söhne.

Der Fürst von **

Die Scene ist auf dem Landgute des Baron Kreutz.

Die Rolle des K a r l ist einzig und allein, und zwar w ö r t l i c h aus den bekannten und berühmten Schriften der Herren Gebrüder Schlegel gezogen. Alle die goldenen Sprüchlein dieser Weisen sind sorgfältig unterstrichen worden, theils, damit man nicht glauben möge, ich wolle mich mit fremden Federn schmücken, theils weil wie gleichfalls Einer ihrer goldenen Sprüche behauptet i n d e r w a h r e n P r o s a A l l e s u n t e r s t r i c h e n s e i n m u ß.

Zueignungsschrift an die Herren Verfasser und Herausgeber des Athenäum.

Ihnen, meine günstigen Herren, widme ich diesen Versuch, Ihre Lehren auch in das g r o ß e Publikum zu verbreiten, und sie folglich gemeinnütziger zu machen. Die dramatische Form habe ich gewählt a u s r e i n e r F r e u d e a m s p r e c h e n u n d s p r e c h e n l a s s e n [1]. Ich bilde mir ein, ein gutes Drama gemacht zu haben, denn es ist d r a s t i s c h, und Sie selbst sagen: G u t e D r a m e n m ü s s e n d r a s t i s c h s e i n [2].

Wie dieser Gedanke, oder dieses P r o f i l   v o n   e i n e m   G e d a n k e n[3] in mir entstand, davon will ich kürzlich Rechenschaft geben. Ich habe einen Freund, mit dem ich in einer p a r z i a l e n   E h e[4] lebe, den ich aber bald werde p o r t r a i t i r e n   l a s s e n, w e i l   i c h   m i c h   s c h o n   e i n   w e n i g   m ü d e   a n   i h m   g e s e h e n   h a b e. Die Hauptursache dieser Müdigkeit liegt wohl darin, daß i c h Sie beide, meine günstigen Herren, als die größten Genies betrachte, die auf dem Erdboden leben, Er hingegen mit seinem beschränkten Sinn die hohe Verwirrung Ihrer hohen Geister nicht zu fassen vermag. Neulich war er gar so verwegen, mir eine Stelle aus *Duclos moeurs de ce siècle* vorzulesen, und sie recht unverschämt auf Sie zu appliciren. Sie lautet nämlich folgendergestalt:

Qui sont ceux qui jouissent du droit de pononcer? degens, qui, à force de braver le mèpris, viennent à bout de se faire respecter et de donner le ton; qui n'ont que des opinions et jamais des sentiments; qui en changent, les quittent et les reprennent, sans le savoir ni s'en douter; ou qui sont opiniâtres sans être constans. Voilà cependant les juges des reputations; voilà ceux dont on mépise les sentimens et dont on recherche le suffrage; ceux qui procurent la Consideration, sans en avoir eux mêmes aucune. Vous voyez des hommes dont on vante le mérite; si l'on veut examiner en quoi il consiste, on est étonné du vide; on trouve que tout se borne à un air, un d'importance et de suffsance; un peu d'impertinence n'y nuit pas; et quelques fois le maintien suffit.

In deutsch: »Wer sind denn die Herren, die das Recht zu entscheiden ausüben? Leute, die der Verachtung so lange trotzen, bis sie es endlich dahin bringen, sich geltend zu machen, und den Ton anzugeben; die nie G r u n d s ä t z e, sondern nur M e i n u n g e n haben, die sie wechseln, wegwerfen, wieder aufnehmen, ohne es selbst zu wissen, oder zu ahnen; die sich b e s t ä n d i g glauben, weil h a l s s t a r r i g sind. Sehet da die Richter über Reputation; Menschen, deren Gesinnungen man verachtet, und dennoch ihren Beifall sucht; Menschen, die Andern Ansehn verschaffen, ohne selbst welches zu besitzen. Man rühmt ihre Verdienste, aber bei näherer Untersuchung erstaunt man über ihre Leerheit und wird bald gewahr, daß sich Alles nur auf ein gewisses Air einschränkt, einen Ton der Wichtigkeit und Selbstgenügsamkeit mit ein wenig Impertinenz gemischt, der Manche blendet.«

Da meinte nun der unverschämte Mensch, Sie erfüllten gewissenhaft Duclos Vorschriften, und der Erfolg habe Duclos Prophezeiungen entsprochen.

Um ihn zu widerlegen führte ich ihn mit triumphirender Miene in mein Bücherkabinet; ich zeigte auf Ihre F r a g m e n t e, Ihre L u c i n d e u.s.w. Von der Lucinde meinte er, hätten sich von den G e r g e s e n e r   S ä u e n, deren Sie *pag.* 84, der Fragmente als sämmtlich ersäuft erwähnen, doch wohl einige gerettet, und zwar die feistesten, um da hinein zufahren. D a b e i   s e i   n i c h t s   k l ä g l i c h e r,   a l s   s i c h   d e m   T e u f e l   u m s o n s t   e r g e b e n,   n ä m l i c h   s c h l ü p f r i g e   G e d i c h t e   m a c h e n,   d i e   n i c h t   e i n m a l   v o r t r e f f l i c h   s i n d[5].

Ich wurde zornig, aber er kehrte sich nicht daran. Von der Lucinde kam er auf Ihre schöne poetische Wuth, schlechte Sachen anpreisen, von welcher Sie zuweilen ergriffen würden, wenn nämlich Ihre Gönner oder Freunde die Verfasser wären. Er meinte, viele Lobredner bewiesen die Größe ihres Abgottes antithetisch durch die Darlegung ihrer eigenen Kleinheit[6].

Ich wollte ihm das Lästermaul stopfen ich deutete auf Ihre Fragmente. Da sagte er: die meisten wären hoher Unsinn, den Niemand, auch Sie selbst nicht einmal verstünden.

Länger konnte ich mich nicht halten, denn eben ergriff mich ein Gedanke diesmal war es aber kein Profil, sondern eine Seele von einem Gedanken[7] und frohlockend rief ich aus, daß es diesen herrlichen Fragmenten nur an einer faßlichern Form fehle, um verstanden zu werden; daß sie nur nicht eben Igel[8] sein müßten, und daß ich mich selbst anheischig mache, sie in dramatischer Form so darzustellen, daß Jedermann Lust und Freude daran haben solle. Er faßte mich beim Wort und flugs ging ich an die Arbeit.

Nun muß ich zwar bekennen, daß es mir nicht möglich gewesen ist, Ihren ganzen herrlichen fragmentarischen Unterricht in die dramatische Form zu gießen, und ich habe theils Ihre schönen, volltönigen, in der neuesten philosophischen Terminologie ausgedrückten Wundergedanken, theils Ihre herrlichen, kraftvollen Zoten weglassen müssen; denn dasjenige Publikum, für welches ich schreibe (Sie wissen, ich schreibe nur für den großen Haufen) wurde die Erstern doch nicht verstanden, und für die Letztern zu zarte Ohren affectirt haben.

Weh', sehr weh' hat es mir freilich gethan, die köstlichsten Dinge in dieser Art mit Stillschweigen übergehen zu müssen. Wie gern hätte ich zum Beispiel den Zuschauern die interessante Situation aus den Misterien der Venus *Pandhmos* mitgetheilt, welche, wie Sie sagen, eine Allegorie auf die Vollendung des männlichen und weiblichen Geschlechts zur vollen ganzen Menschheit ist[9], und welches die witzigste und schönste Situation in der schönsten Welt sein soll[10]. Wie gern hätte ich meinem Karl in der Scene mit Malchen die Bitte in den Mund gelegt: sich doch ein Mal der Wuth ganz hinzugeben, und unersättlich zu sein[11] wie schön würde in seinem Munde die Vehauptung geklungen haben: daß zwar ein Libertin verstehen möge, den Gürtel mit einer Art von Geschmack zu lösen, aber daß nur die Liebe den höheren Kunstsinn der Wollust lehre[12]; wie angenehm würden nicht die Zuschauer durch die lehrreiche, höchst sittliche und in dramatische Handlung gebrachte Anekdote unterhalten worden sein, wo die Thür zugeschlossen wird, und man damit anfängt sich zu küssen, daß es böse Gedanken macht, wo man alsdann das elende dumme Halstuch als ein Vorurtheil wegschiebt, und[13] doch halt! es wird zu viel. Ich schweige und bewundere nur den fessellosen Geist.

Sehen Sie, meine günstigen Herren, alle diese schönen Sächelchen habe ich weglassen müssen, ob ich gleich wohl wußte, welchen starken Effekt sie hervorgebracht haben würden. Aber die Alltags-Menschen haben keinen Sinn für die F r e c h h e i t , der Sie so vortrefflich das Wort reden[14], und ich mußte mich daher auf dasjenige einschränken, was auf der Bühne sagbar ist. Dem Himmel und Ihnen sei Dank! es blieb noch immer genug übrig, um meinen p a r z i a l e n E h e k o n s o r t e n zu beschämen, und den Samen Ihrer weisen Lehren auch unter dem großen Haufen auszustreuen.

Freilich steht mein Karl allein da; die mit ihm Spielenden gehören eigentlich auch zum großen Haufen, haben auch keinen hinanreichenden Sinn; aber hier blieb ich nur der Natur getreu, denn wie wenige mögen sich dieses erhabenen Kunstsinnes erfreuen.

Nach allem diesem wage ich mir zu schmeicheln, daß ich, meine günstigen Herren, ein Lächeln des Beifalls von Ihnen wohl verdient habe, und daß, wenn es mir einmal widerfahren sollte, einen schlechten Roman wie William Lovell zu schreiben, i n w e l c h e m d i e L a n g e w e i l e i n M i t t h e i l u n g ü b e r g e h t [15] oder einen solchen, in welchem, nach Ihrem eigenen Geständniß, d i e G e s e t z e e i n e r k l e i n l i c h e n u n e c h t e n W a h r s c h e i n l i c h k e i t v e r l e t z t [16] u n d d i e g e w ö h n l i c h e n E r w a r t u n g e n v o n E i n h e i t u n d Z u s a m m e n h a n g g e t ä u s c h t w e r d e n [17], Sie dennoch nicht ermangeln werden, Ihrem Publikum zu beweisen, daß mein Buch t i e f u n d a u s f ü h r l i c h , k l a r u n d t r a n s p a r e n t i s t , und daß den Leuten nur d e r e c h t e s y s t e m a t i s c h e Instinkt, d e r Sinn f ü r d a s U n i v e r s u m f e h l t [18].

So berge ich mich unter dem w e i ß e n Fittig I h r e s S c h w a n s , d e r A l l e s , w a s s t e r b l i c h a n i h m i s t , i n G e s ä n g e a u s h a u c h t [19], welches darum doch keine sterblichen Gesänge sind; und wenn ich vielleicht so glücklich sein sollte, daß Sie in diesen Blättern ein wenig ä s t h e t i s c h e B o s h e i t fänden, so würde ich mich unendlich freuen, dieses, nach Ihrem Ausspruch, w e s e n t l i c h e S t ü c k d e r h a r m o n i s c h e n A u s b i l d u n g [20] mir zu eigen gemacht zu haben.

Uebrigens ist der reichhaltige Stoff noch lange nicht erschöpft, und ich werde mit Vergnügen, bei wiederholten Veranlassungen, meine Dankbarkeit auf eine ähnliche Art zu beweisen suchen.

Geschrieben zu Jena, mit einer Schwanenfeder aus Ihrem weißen Fittig. Im September 1799.

Der Verfasser.

Fußnoten

1 Athenäum *pag.* 6.

2 *ibid. pag.* 13.

3 *ibid. pag.* 12.

4 *ibid. pag.* 106.

5 Fragmente *pag.* 3.

6 *ibid. pag.* 18.

7 *bid. pag.* 54.

8 *ibid. pag.* 54.

9 Lucinde *pag.* 28.

10 *Ibid. pag.* 28.

11 *Ibid. pag.* 9.

12 *Ibid. pag.* 61.

13 *Ibid. pag.* 94.

14 *Ibid. pag.* 40.

15 Fragmente *pag.* 128.

16 Ueber Göthes Meister *pag.* 157.

17 *ibid. pag.* 159.

18 *ibid. pag.* 159.

19 Vorrede zur Lucinde.

20 Lucinde *pag.* 90.

Erste Scene.

Ein Zimmer. Im Hintergrund eine Glasthür, die in den Garten führt. Rechts und links Seitenthüren.

Frau von Berg und Malchen mit weiblicher Arbeit beschäftigt. Baron Kreutz tritt herein.

BARON. Freut euch, Kinder! heute kommt er.

FRAU VON BERG. Wer? mein Karl?

MALCHEN *blutroth.* Der Vetter?

BARON *ihr nachspottend.* Ja, ja, der Vetter. Werde du nur roth bis über beide Ohren.

FRAU VON BERG. Woher weißt du, Bruder —?

BARON. Je nun, er ist gestern Mittag schon in der Stadt gewesen.

FRAU VON BERG. Nur eine Stunde von hier? und noch nicht selbst hier?

BARON. Seinen Franz hat er vorausgeschickt. Es soll da in der Stadt ein tiefgelehrter Mann wohnen, den hat er nur noch besuchen wollen.

FRAU VON BERG. Wie? drei Jahre war er abwesend von Mutter und Braut? Kaum noch ein Spazirgang trennt ihn von beiden? und er findet noch Muße Gelehrte zu besuchen?

BARON. Nun, nun, Schwester, er muß doch das Handwerk grüßen.

FRAU VON BERG. Ei, ei, das gefällt mir nicht.

MALCHEN. Mir auch nicht.

BARON. Was hast du darein zu reden? Eitelkeit, nich weiter. Ein Bursche wie Karl, der alle vier Fakultäten im Kopfe hat

FRAU VON BERG. Soll d'rum doch die Mutter im Herz behalten.

BARON. Das wird er auch. Die Wissenschaften veredeln den Menschen, machen ihn wie nennen se es doch gleich? h u m a n . Das ist ein neues Modewort.

MALCHEN. Wenn wir nur über den neuen W o r t e n nicht die alten G e f ü h l e verlieren.

BARON. Naseweiß! Du meinst wohl, Karl sollte noch immer den Schäfer aus Geßners Idyllen spielen? Der tändelt nicht mehr, der ist jetzt transcendental!

MALCHEN. Was heißt denn das?

BARON. Das weiß ich selbst nicht. Aber es ist was Großes, was Schönes.

FRAU VON BERG. Ich zitt're, ihn wieder zu seh'n!

BARON. Ich auch, aber vor Freuden.

FRAU VON BERG. Mein letztes Vermögen hab' ich an ihn gewandt, um seinen viel versprechenden Geist zu bilden

BARON. Das war brav von dir.

FRAU VON BERG. Eine Stütze im Alter hofft' ich mir an ihm zu ziehen

BARON. Das soll er auch werden. Mein Schwiegersohn und Erbe oben d'rein.

FRAU VON BERG. Wenn wir ihn nicht so fänden, wie unsere hoffende Liebe ihn malt

BARON. Possen.

FRAU VON BERG. Seine Briefe, Bruder gesteh' es mir sie sind hochtönend, aber kalt.

BARON. Das kommt dir nur so vor, weil wir die neue Sprache nicht versteh'n.

FRAU VON BERG. Mit m i r sollte er, wie vormals, vom Herzen zum Herzen reden.

MALCHEN. Mit mir auch.

BARON. Kinder, andere Zeiten, andere Sitten. Jetzt herrscht die Vernunft! die kritische Vernunft!

MALCHEN. Allen Respekt vor der Vernunft; aber wenn sie sich nicht mit dem Herzen vermählt, so kommt sie mir vor, wie unser langer dürrer Nachbar, der Hagestolz.

BARON. Schweig', und störe mir meine Freude nicht. O, ich habe euch noch mehr zu sagen. Es ist heute ein wichtiger Tag für Karln und für uns Allle. Der Fürst jagt in meinem Forste.

MALCHEN. Das find' ich nur wichtig für Jhre Hasen.

BARON. Er wird aber ein Frühstück bei uns einnehmen. Wenn nur Karl bald käme, daß ich ihn dem Fürsten sogleich vorstellen könnte. Was gilt's, der macht ihn auf's wenigste zum Geheimde-Kabinetsrath.

FRAU VON BERG *lächelnd.* Du bau'st schöne Luftschlösser.

BARON. Was Luftschlösser! Karl hat bei F i c h t e   d i e   W i s s e n s c h a f t s l e h r e, bei S c h l e g e l die Ästhetik, bei S c h i l l e r die Historie gehört; Sapperment, Kinder! er muß ein ganzer Kerl sein.

FRAU VON BERG. Wenn er nur auch seine ganze Unverdorbenheit wieder mit zurückbringt.

BARON. Hör' einmal auf, Schwester, mit deinem ewigen, w e n n   n u r und w e n n   n u r .

FRAU VON BERG. Ach, Bruder, du hast keine S ö h n e ; du weißt nicht, wie einer Mutter zu Muthe ist, die ihren Liebling hinaus in die weite Welt schickt, ohne mit sorglicher Mutterliebe in der Ferne über seine Schritte wachen zu dürfen; die ein gesundes, herziges Naturkind aus ihren Armen ließ, und vielleicht einen physisch und moralisch verbildeten Krüppel zurück erhält.

BARON. Aber ein solches vielleicht ist hier gar nicht anwendbar.

FRAU VON BERG. Das bitt' ich euch, wenn er kommt, laßt mich nur gleich mit ihm allein, daß ich nur erst sein Herz erforsche, mit seinem Wissen mag es dann bestellt sein wie es wolle.

BARON. Schon gut, Schwester. Komm, wir wollen die Buchenallee hinab ihm entgegen wandeln; er kann nicht lange mehr bleiben.

FRAU VON BERG. Gern, Bruder. Ich hoffe, die alte Mutter werde nicht vergebens geh'n, weil er etwa mit den Gelehrten noch zu sprechen hat.

BARON. Du, Malchen, sorge indessen für das Frühstück. *Beide ab durch eine Seitenthür.*

Zweite Scene.

MALCHEN *allein.* Ich freue mich und doch ist mir so bänglich zu Muthe wenn er auch hinanreicht an das mütterliche Ideal, wird er d'rum m i r noch sein, was er vor drei Jahren war? wird meine Natürlichkeit sich mit seiner hohen Weisheit vertragen?

Dritte Scene.

Hans aus der andern Seitenthür. Malchen.

HANS *im Jagdkleid mit der Flinte.* Guten Morgen, liebe Cousine.

MALCHEN. Guten Morgen, Vetter. Wissen Sie schon, daß Ihr Bruder gleich hier sein wird?

HANS. Mein Bruder? wirklich? o, das ist schön!

MALCHEN. Unsere Eltern sind schon hinunter ihm entgegen.

HANS. Wie wird die gute Mutter sich freuen! O, das ist recht schön! Nun darf sie nicht mehr klagen, daß sie keine Stütze hat, weil ich so dumm bin, und nichts lernen kann.

MALCHEN. Ei, Vetter, das hat sie nie gesagt.

HANS. Gesagt wohl nicht, aber es ist doch wahr. O, ich fühle es recht gut, daß ich nur ein simpler Mensch bin. Ich meine es wohl gut, aber ich kann es nicht so von mir geben. Wenn zuweilen ein Brief von meinem Bruder vorgelesen wird, und ich verstehe kein Wort davon, da muß ich manchmal fortgehen und mich schämen.

MALCHEN. Sie sind ein braver Mensch, Vetter, Sie brauchen sich nicht zu schämen.

HANS. Ach, liebe Cousine! ich kann ja so gar nichts für meine alte Mutter thun! Die Jägerei hab' ich freilich gelernt, aber was hilft das? Alle Dienste sind besetzt; ich verstehe mich auch nicht zu präsentiren; schwatzen kann ich vollends gar nicht, und so bleib' ich sitzen. Ach! Sie glauben nicht, wie mich, das schmerzt, daß ich meiner Mutter und dem Oheim so auf dem Halse liege. Nun, Gottlob! Der Bruder ist wieder da! der wird Geheimde-Rath werden, oder so etwas; der wird der Mutter ein sorgenfreies Alter verschaffen; und da werde ich ihn recht lieb haben. Alle werden ihn lieb haben, weit mehr als mich, aber ich will ihn nicht beneiden, er ist ja mein guter Bruder, und nun werden Sie ihn heirathen, nicht wahr?

MALCHEN. Vermuthlich.

HANS. Sehen Sie, das ist ein großes Glück, denn sind gar ein wackeres Mädchen. Was man doch glücklich ist, wenn man Verstand hat!

MALCHEN. Nicht immer.

HANS. Ja, wenn ich auch so ein gescheiter Kerl geworden wäre, wahrlich, liebe Cousine, Sie hätte ich mir nicht nehmen lassen.

MALCHEN. Mich?

HANS. Werden Sie nur nicht böse, daß ich es so gerade heraussage; ich habe Sie sehr lieb sehr lieb!

MALCHEN. Ich Sie auch.

HANS. Ja. Sie sind mir wohl gut, Sie haben Mitleid mit mir; aber ich mein Leben könnt' ich für Sie lassen.

MALCHEN. Guter Vetter.

HANS. Nun, es ist nun einmal so. Wir können ja nicht alle klug sein, und der Klügste muß die Beste haben, von Rechts wegen. In Zukunft werde ich Sie Schwester nennen, nicht wahr?

MALCHEN. Lieber Bruder!

HANS. Und Sie und Karl werden mich noch ein wenig zustutzen, was sich so eben hinein bringen läßt; viel wird es nicht sein, aber freuen werde ich mich über Ihr Glück, das brauchen Sie nicht erst hinein zu bringen, das ist schon hier in meinem Herzen.

MALCHEN. Sie müssen dann auch ein gutes Mädchen heirathen.

HANS. Beileibe nicht! wenn ich nur immer mit Ihnen sein kann, bei Ihnen bin ich am liebsten. Jetzt muß ich gehen. Der Fürst jagt in unserm Forste. Es thut mir leid, daß ich meinen Bruder nicht empfangen kann. Sagen Sie ihm das. Es thut mir recht leid. Er soll d'rum nicht denken, daß ich ihn weniger liebe, oder daß ich etwa gar neidisch auf ihn wäre. Nein, der Oheim hat's befohlen. Ich muß in den Wald. Adieu, liebe Cousine! *Bewegt.* Adieu, liebe Schwester! *Ab durch den Garten.*

MALCHEN *allein ihm nachsehend.* Guter Mensch! wer weiß, ob Karl mich liebt, wie du. *Ab durch die Seitenthür, aus welchger Hans kam.*

Vierte Scene.

Frau von Berg und Karl[1] von der andern Seite.

FRAU VON BERG. Noch einmal drücke ich dich an mein mütterliches Herz! *Sie umarmt ihn.* Gott sei Dank, daß ich dich wieder habe! Dich, meine Hoffnung, meinen Stolz, mein Alles! Bist du noch, der du warst? der gute, fromme, herzliche Mensch? O ja, du wirst es sein! Magst du doch viel oder wenig gelernt haben; die bekümmerte Mutter möchte dich lieber fromm als gelehrt wieder sehen. Tugendhaft gingst du von mir, tugendhaft kehrst du in meine Arme zurück, nicht wahr?

KARL. Liebe Mutter, e s g i b t k e i n e a n d e r e T u g e n d a l s K o n s e q u e n z[2].

MUTTER. Wie? so könnte ja auch der ärgste Bösewicht tugendhaft sein?

KARL. Wenn er konsequent handelt

MUTTER. O weh! was ist das! Karl, du hast doch noch Religion?

KARL. D i e R e l i g i o n i s t m e i s t e n s n u r e i n S u p p l e m e n t o d e r g a r e i n S u r r o g a t d e r B i l d u n g[3]

MUTTER. Nichts weiter?

KARL. Nichts ist religiös im strengen Sinne, was nicht ein Produkt der Freiheit ist[4].

MUTTER. Ich kann darüber mit dir nicht streiten, auch begehre ich nur Beruhigung. Man hat mir so manches von den jetzigen Modesistemen erzählt. *Sie legt ihre Hand auf seine Schulter und spricht ängstlich.* Karl! du glaubst doch an Gott?

KARL. Ich selbst bin Gott.

MUTTER. Weh' mir! er ist geworden wie der arme Wenzel in Sondershausen!

KARL. Jeder gute Mensch wird immer mehr und mehr Gott. Gott werden, Mensch sein, sich bilden, sind Ausdrücke, die Einerlei bedeuten[5].

MUTTER. Was ist das! Ich fürchte, er möchte gar keinen Gott glauben, und er glaubt deren Millionen!

KARL. Wenn jedes unendliche Individuum Gott ist, so gibt's so viele Götter, als Ideale[6].

MUTTER. Hin ist sein Christenthum!

KARL. Das wissenschaftliche Ideal des Christianismus ist eine Charakteristik der Gottheit mit unendlich vielen Variationen[7].

MUTTER. Sprichst du von einem Rondo?

KARL. Gott ist nicht blos ein Gedanke, sondern zugleich auch eine Sache, wie alle Gedanken, die nicht bloße Einbildungen sind[8].

MUTTER. Sprich, welche Religion hast du denn eigentlich?

KARL. Es ist ein sehr natürlicher, ja fast unvermeidlicher Wunsch, alle Gattungen der Religion in sich vereinigen zu wollen[9].

MUTTER. Alle? –

KARL. Alle.

MUTTER. Ach! ich kann dir nicht antworten. Aber ich bitte dich, rede mit unserm Pfarrer, er ist ein wackerer, vernünftiger Mann

KARL. Ich mag nicht. Die Religion ist schlechthin groß wie die Natur. Der vortrefflichste Priester hat doch nur ein Stück davon[10].

MUTTER. Ich versichere dich, er hat sie ganz.

KARL. Ueber dies bin ich selbst Priester.

MUTTER *erstaunt.* Zugleich Gott und Priester?

KARL. Das Verhältniß des wahren Künstlers und des wahren Menschen zu seinen Idealen ist durchaus Religion. Wem dieser innere Gottesdienst Ziel und Geschäft des ganzen Lebens ist, der ist Priester, und folglich bin ich auch Priester[11].

MUTTER. Sohn! Sohn! was soll aus dir werden in dieser und jener Welt!

KARL. Bei den Neuern redet man immer von dieser und jener Welt, als ob es mehr als eine Welt gebe[12].

MUTTER. Weh' dir! du bist in den Stricken des Satans!

KARL. Der Satan ist eine deutsche Erfindung denn der deutsche Satan ist satanischer als der italienische und englische. Er ist ein Favorit deutscher Dichter und Philosophen, er muß also auch wohl sein Gutes haben.

MUTTER. Der Satan sein Gutes?!

KARL. Das gefällt mir nicht in der christlichen Mythologie, daß die Satanisken fehlen.

MUTTER. Ach mein Gott! haben wir denn an E i n e m Satan noch nicht genug?

KARL. Mutter, ich bitte Sie, nicht diese Elegien von der heroisch kläglichen Art; es sind die Empfindungen der Jämmerlichkeit bei dem Gedanken der Albernheit von den Verhältnissen der Plattheit zur Tollheit [13].

MUTTER. Wohl mir, daß ich deine Schmähungen nicht versehe.

KARL. Sie wollen mich in meiner Bahn aufhalten? Dies ist umsonst. Wer Einmal thöricht oder edel sich bestrebt hat, in den Gang des menschlichen Geistes mit einzugreifen – [14]

MUTTER. Eingreifen? in einen Gang? was heißt das?

KARL. Der muß mit fort, oder er ist nicht besser daran als ein Hund im Bratenwender, der die Pfoten nicht vorwärts setzen will.

MUTTER. Ach! ich bitte dich, setze die Pfoten rückwärts! Deine hohe Geistesverwirrung kann dich einst zu Verzweiflung und Selbstmord führen!

KARL. Der Selbstmord ist nur eine Begebenheit, selten eine Handlung [15].

MUTTER. O! es wäre für mich eine schreckliche Begebenheit!

KARL. Ist es eine Handlung, so kann vom Recht gar nicht die Rede sein, sondern nur von der Schicklichkeit.

MUTTER. Es ist weder recht noch schicklich.

KARL. Sie irren. Es ist nie unrecht, freiwillig zu sterben, aber oft unanständig länger zu leben.

MUTTER. Was muß ich hören! weh' mir! wie bitter hat meine Hoffnung mich getäuscht!

KARL. Getrost, Mutter, Sie werden bald selbst denken wie ich.

MUTTER *mit Abscheu.* Nimmermehr!

KARL. Sie meinen vielleicht wie Rousseau: daß irgend eine gute und schöne[16] Freigeisterei den Frauen weniger zieme als den Männern?

MUTTER. Weder euch noch uns.

KARL. Aber das ist nur Eine von Rousseaus unendlich vielen, allgemein geltenten Plattheiten[17].

MUTTER. Alberner Mensch! es ist unverschämt so von Rousseau zu sprechen. Aber großer Gott! möchtest du doch blos unverschämt sein! Ich verlasse dich tief gebeugt. Ich bin nur ein Weib, und kann dir nichts entgegen setzen, als mein Gefühl. Dein Oheim ist ein Mann, er mag männlich mit dir sprechen. *Ab.*

Fünfte Scene.

KARL *allein.* Der platte Mensch beurtheilt alle andere Menschen wie Menschen, behandelt sie aber wie Sachen, und begreift es durchaus nicht, daß sie andere Menschen sind als er[18].

Sechste Scene.

Der Baron und Karl.

BARON. Nun Vetter? Deine Mutter scheint nicht recht mit dir zufrieden.

KARL. Sie hat ihre Begriffe noch aus der Alerthümlichkeit[19].

BARON. Das sind nicht immer die schlechtesten. Aber freilich, du bist ein Genie.

KARL. Was man gewöhnlich Genie nennt, ist Genie des Genies[20].

BARON. So? Das ist verzweifelt scharfsinnig.

KARL. Genialischer Scharfsinn ist scharfsinniger Gebrauch des Scharfsinnes[21].

BARON. Was man doch nicht alles erfährt! Aber sieh' nur Vetter, du mußt dich ein wenig in deine Mutter fügen, wieder herzlich werden wie vormals. Du bist so kalt, so ernsthaft.

KARL. Der Mensch ist eine ernsthafte Bestie[22].

BARON. Eine Bestie? Schäme dich. Ich merke schon, du hast zu viel studirt, bist zu einsam gewesen. Ich werde dich in gute Gesellschaften führen.

KARL. Die Gesellschaften der Deutschen sind ernsthaft, ihre Komödien und Satyren sind ernsthaft, ihre Kritik ist ernsthaft, ihre ganze schöne Literatur ist ernsthaft[23].

BARON. O es gibt auch Narren genug unter den Deutschen.

KARL. Narrheit ist absolute Verkehrtheit der Tendenz, gänzlicher Mangel an historischen Geist[24].

BARON. Hör' einmal Vetter, bleib' mir mit dem Krimskrams vom Halse, und laß uns vernünftig reden. Ich habe ein Project für dich.

KARL. Ein Project ist der subjetive Keim eines werdenden Objects[25].

BARON. Gleichviel. Du mußt eine Existenz haben.

KARL. Es kann nichts anmaßender sein, als überhaupt zu existiren, oder gar auf eine bestimmte selbstständige Art zu existiren[26].

BARON. Nun, zum Teufel! wie existire ich denn?

KARL. Sie? Sie existiren gar nicht.

BARON *prallt zurück.* Gar nicht?

KARL. Die meisten Menschen sind nur gleich berechtigte Prätendenten der Existenz; es gibt wenig Existenten[27].

BARON. Mensch! du bist entweder närrisch oder toll.

KARL. Die Narrheit ist blos dadurch von der Tollheit verschieden, daß sie willkürlich ist, wie die Dummheit[28].

BARON. Also ist deine Narrheit willkürlich? Gut, so lasse ich dich einsperren. O Karl! Karl! nicht wahr, du verstellst dich nur? du bist nicht so ein Erz-Genie? rede, was hast du denn eigentlich studirt?

KARL. Göthes rein poetische Poesie, denn sie ist die vollständigste Poesie der Poesie[29].

BARON. Gott helfe mir! du bist der vollständigste Narr aller Narren! Höre, Vetter! noch will ich mich moderiren

KARL. Moderantismus ist Geist der kastrirten Illiberalität[30].

BARON. Solche überschwengliche Dummheiten sollten in den Jahrbüchern des menschlichen Geistes aufbewahrt werden, man kann sie mit allem Verstande nicht so erfinden[31]. Hast du weiter nichts gelernt, so ist es ewig Schade um das schöne Geld und die kostbare Zeit. Was soll nun aus dir werden?

KARL. Um zu sagen, was der Mensch soll, muß man Einer sein, und es nebenbei auch wissen[32].

BARON. Ich habe immer gedacht, das wäre mein Fall. Rede, kannst du dich in der Welt benehmen? verstehst du, mit aller deiner kritischen Weisheit dir in schwierigen Fällen zu helfen?

KARL. O das Talent aus einer Mustercharte von Mitteln die zweckmäßigsten auszuwählen, ist so geringfügig, daß auch der gemeinste Verstand dazu hinreicht[33].

BARON. Wollte Gott, du hättest diesen gemeinsten Verstand! Da steht er nun, der Jammermensch mit der hohen Anmaßung! Was ist aus ihm geworden!

KARL. Ich ist äqual ich[34].

BARON. Dein Ich ist äqual einem Narren. Ich meinte es so gut mit dir; ich hatte dir meine Tochter bestimmt, das liebe naive Mädchen.

KARL. Naiv ist, was bis zur Ironie, oder bis zum steten Wechsel von Selbstschöpfung und Selbstvernichtung natürlich, individuell oder klassisch ist oder scheint[35].

BARON. Potz Unsinn und kein Ende! Vetter, ich rathe dir Gutes. Lenke wieder ein, oder du wirst nimmer mein Schwiegersohn.

KARL. So bleib' ich mir selbst genug. Es ist schön, wenn ein schöner Geist sich selbst anlächelt[36].

BARON. Ei lächle du dich an so viel du willst. Ich ziehe meine Hand von dir ab. Es bleibt mir nur noch eine Hoffnung übrig: ich will dir das Mädchen herschicken. Wenn es der Liebe nicht gelingt, diesen verrückten Kopf wieder an Ort und Stelle zu rücken, so ist Alles verloren! *Ab.*

Siebente Scene.

KARL *allein. Er lächelt.* Es gibt rechtliche und angenehme Leute, die den Menschen und das Leben so betrachten, als ob von der besten Schafzucht die Rede wäre. Es sind die Oekonomen der Moral[37].

Achte Scene.

Malchen. Karl.

KARL *eilt ihr entgegen, und reißt sie wüthend an seine Brust.* Ha! meine Amalie!

MALCHEN. Gemach! Gemach, lieber Vetter! Sie erdrücken mich.

KARL. Es liegt in der Natur des Mannes ein gewisser tölpelhafter Enthusiasmus, der leicht bis zur Grobheit göttlich ist[38]. *Er will sie abermals umarmen.*

MALCHEN *verschämt und sich sträubend.* Nicht so ungestüm, lieber Karl.

KARL *betrachtet sie lächelnd.* Es ist doch wirklich eine komische Situation, ein unschuldiges Mädchen zusein[39].

MALCHEN *erstaunt.* Wie? eine komische Situation?

KARL. Allerdings, aber die Frauen müssen wohl prüde bleiben, so lange die Männer sentimental, dumm und schlecht genug sind, ewige Unschuld und Mangel an Bildung von ihnen zu fordern[40].

MALCHEN. Sie fordern also keine Unschuld von mir?

KARL. Sie sind ein blühendes Mädchen, und folglich das reizendste Symbol vom reinen guten Willen[41].

MALCHEN. Ein sonderbares C o m p l i m e n t !

KARL. Wir werden uns heirathen.

MALCHEN. Vielleicht.

KARL. Zwar fehlt es den Frauen an Sinn für die Kunst, an Anlage zur Wissenschaft und an Abstraction[42], zwar ist muthwillige Bosheit mit naiver Kälte und lachender Gefühllosigkeit eine angeborne Kunst Ihres Geschlechts –[43].

MALCHEN. Eine schmeichelhafte Schilderung!

KARL. Dennoch bin ich entschlossen den Versuch zu wagen.

MALCHEN. Einen Versuch? Allerliebst.

KARL. Fast alle Ehen sind nur Konkubinate, provisorische Versuche zu einer wirklichen Ehe[44].

MALCHEN. Herr Vetter, ich h o f f e , daß ich Sie nicht verstehe.

KARL. Wir könnten auch allenfalls den Wunsch in's Große treiben. Zum Exempel eine Ehe *à quatre*.

MALCHEN *fast stumm vor Erstaunen.* Wie?

KARL. J a , es läßt sich nicht abseh'n, was man gegen eine Ehe *à quatre* gründliches einwenden könnte[45].

MALCHEN. Sie wären wirklich im Stande Ihre Geliebte zu theilen?

KARL. Ich werde mich bemühen Sie so zu besitzen, als ob ich Sie nicht besäße.

MALCHEN. Eine angenehme Aussicht!

KARL. Das ist die Pflicht des wahren C y n i k e r s [46].

MALCHEN *mit ausbrechender Ungeduld.* Herr Vetter, Sie werden mich wahrscheinlich gar nicht besitzen.

KARL. Wie, Amalie? Haben Sie die schönen Zeiten schon vergessen, w o e i n C h a o s v o n H a r m o n i e n i n u n s w a r ? [47]

MALCHEN. Jetzt scheint ein Chaos von Dissonanzen daraus geworden zu sein.

KARL. Was mißfällt Ihnen an mir?

MALCHEN. Ihr gänzlicher Mangel an Delikatesse

KARL. Niedliche Gemeinheit und gebildete Unart heißt in der Sprache des feinen Umgangs Delikatesse[48].

MALCHEN. Ihre Immoralität

KARL. Warum sollt es auch nicht unmoralische Menschen geben dürfen, so gut wie unphilosophische und unpoetische[49].

MALCHEN. Sie proponiren mir eine Ehe *à quatre* wie eine Partie *whist.*

KARL. Nun ja.

MALCHEN. Fühlen Sie denn nicht einmal was die Welt dazu sagen würde?

KARL. Die Menge nicht zu achten, ist sittlich[50].

MALCHEN. Eine schöne Sittlichkeit.

KARL. Die öffentliche Meinung ist ein Unthier, das man muthig auf den Rücken werfen muß, und dann ist es nur ein gemeiner Frosch[51].

MALCHEN. Ich fürchte mich auch vor Fröschen; und kurz, Herr Vetter, wir passen nicht mehr für einander.

KARL. Was sagen Sie? Wir, die wir uns einst umarmten mit eben so viel Ausgelassenheit als Religion?[52]

MALCHEN. Wahrlich, Ihre Sprache ist fast noch sonderbarer als Ihre Meinungen.

KARL. Die Sprache der Liebe sei frei und kühn nach alter klassischer Sitte[53].

MALCHEN. Aber nicht leichtfertig.

KARL. Warum nicht? Leichtfertige Gespräche müssen ruchlos genug sein, sie sind das Salz an die Speisen. Es frägt sich gar nicht, warum man sie sagen soll, sondern nur wie man sie sagen soll, denn lassen kann und darf man es doch nicht[54]

MALCHEN. Wahrlich, es wäre besser, man ließe es.

KARL. Aber, es wäre ja grob, mit einem reizenden Mädchen so zu reden, als ob sie ein geschlechtloses Amphibion wäre[55].

MALCHEN. Ersparen Sie sich diese Gattung von Höflichkeit.

KARL. Es ist Pflicht und Schuldigkeit immer auf das anzuspielen, was sie ist und sein wird[56].

MALCHEN. Mein Gott, ich entlasse Sie der Pflicht wie der Schuldigkeit.

KARL. Geben Sie doch nur Acht auf die Kinder. Ein kleines Mädchen findet nicht selten ein unbeschreibliches Vergnügen darin, mit den Beinchen in die Höhe zu gesticuliren, unbekümmert um ihren Rock, und um das Urtheil der Welt. Wenn das ein kleines Mädchen thut, was darf ich nicht thun, da ich doch bei Gott ein Mann bin, und nicht zarter zu sein brauche als das zarteste weibliche Wesen?[57]

MALCHEN. Vortrefflich! Wenn es noch länger dauert, so fängt er an zu gesticuliren. Geh'n Sie, mein Herr, Sie werden frech.

KARL. Die Bildung der Frechheit ist groß und edel[58].

MALCHEN. Ich habe gnug. Sind das die Wunderdinge, die wir erwarteten? Welche Täuschung! Guter Hans! Wie liebenswürdig erscheint gegen dies hohe kritische Aufklärung dein simples ehrliches Gemüth!

KARL. G e m ü t h   i s t   d i e   P o e s i e   d e r   e r h a b e n e n   V e r n u n f t [59].

MALCHEN. Wieder eine hohe Albernheit. Ich werde dem Menschen nicht mehr antworten.

Neunte Scene.

Der Baron. Die Vorigen.

BARON *eilig.* So eben reitet der Fürst auf den Hof. Nun Malchen, wie ist's?

MALCHEN. Ach!

BARON. Auch da nichts? Nun so hol' dich der Teufel! Denk nur, Malchen, was der Hans eben gemach hat, der brave Junge.

MALCHEN. Nun?

BARON. Der Fürst du kennst ihn auf der Jagd ist er ein Wagehals. Da hat er eine Wilde Sau gereizt, die Bestie stürzt wüthend auf ihn los, kein Jäger in der Nähe, retiriren kann er nicht mehr, bei meiner armen Seele! es war um ihn gescheh'n. Flugs springt unser Hans vor, zuckt sein Weidmesser, stellt sich dem erboßten hier entgegen, und läßt es anlaufen wie man eine Lerche spießt.

MALCHEN. Das war brav.

BARON. Ein wackerer Junge. Der Fürst soll sehr gnädig gegen ihn gewesen sein. Ich muß fort, Se. Durchlaucht zu empfangen. Nun Karl, noch ist es Zeit, besinne dich, sei vernünftig. Ich werde dich dem Fürsten vorstellen. Wenn du aber auch da dumme Streiche machst, so sind wir geschiedene Leute. *Ab.*

KARL *kalt lächelnd.* Wenn Verstand und Unverstand sich berühren, so gibt es einen elektrischen Schlag, das nennt man Polemik[60].

MALCHEN. Schön. Der Herr Vetter macht sich noch lustig über seinen alten biedern Oheim.

Zehnte Scene.

Hans. Die Vorigen.

HANS *läuft auf Karl zu, und drückt ihn feurig an seine Brust.* Bruder! lieber Bruder! es ist recht fatal, daß der Fürst eben kommt, daß ich dir nicht sagen kann, wie sehr ich mich freue! wie lieb ich dich habe! Aber nun bleiben wir ja wieder beisammen, und wenn ich gleich gegen dich nur ein einfältiger Mensch bin, so wirst du doch mein Freund sein, nicht wahr? Mein väterlicher Freund?

KARL *seine Liebkosungen steif erwidernd.* Jeder ungebildete Mensch ist die Karikatur von sich selbst[61]. Dein Freund kann ich also nicht sein. Denn die Freundschaft ist für dich wie für die Weiber, zu vielseitig und zu einseitig. Sie muß ganz geistig sein, und durchaus bestimmte Grenzen haben[62].

HANS. Ach die meinige für dich, ist grenzenlos!

KARL. Diese Absonderung würde dein Wesen nur auf eine feinere Art eben so vollkommen zerstören, wie bloße Sinnlichkeit ohne Liebe[63].

HANS. Was ist das, liebe Cousine? Ich verstehe ihn nicht.

MALCHEN. Ich auch nicht.

Der Fürst. Der Baron. Frau von Berg. Die Vorigen.

BARON. Hier habe ich die Ehre, Ew. Durchlaucht meinen ältern Vetter vorzustellen, der so eben von der Universität zurückgekommen, wo er studirt hat bis an den Hals.

FÜRST *lächelnd.* Ich will hoffen, auch noch ein wenig höher hinauf. *Zu Karl.* Herr von Berg, ich freue mich, kennen zu lernen. Ihre Familie hat meinem Hause jederzeit wichtige Dienste geleistet. Ihr Vater war ein braver Mann.

KARL. Ich darf kühnlich antworten, wie Sthenelos dem Agamemnon: wir rühmen uns viel besser zu sein als unsere Väter[64].

FÜRST *lächelnd.* Das klingt fast ein wenig arrogant.

KARL. Arrogant ist, wer Sinn und Charakter zugleich hat, und sich dann und wann merken läßt, daß diese Verbindung gut und nützlich sei[65].

FÜRST. Sie scheinen viel Vertrauen auf sich zu haben; fast ein wenig mehr als sich mit der Bescheidenheit verträgt.

KARL. Was darf sich der nicht zutrauen, zu dem der Witz selbst durch eine Stimme vom geöffneten Himmel sprach: du bist mein lieber Sohn, an dem ich Wohlgefallen habe![66]

FÜRST *bei Seite.* Das ist zu arg.

BARON *der sich nicht länger zu halten vermag.* Vetter, ich weiß nicht, ob der Witz Wohlgefallen an dir hat; aber das weiß ich, daß Sr. Durchlaucht, ich, deine Mutter und wir alle ein großes Mißfallen an dir haben.

FÜRST. Gelassen, lieber Baron. Diese Zuversichtlichkeit gründet sich vielleicht auf ein sehr ausgezeichnetes Verdienst, und dann ist sie schon verzeihlich. Lassen Sie doch hören, junger Herr, worauf haben Sie sich am meisten applicirt?

KARL. Auf das Philosophiren, das heißt, die Allwissenheit gemeinschaftlich suchen[67].

FÜRST. Die Allwissenheit? das ist wieder ein wenig stark. Haben Sie die Rechte studirt?

KARL. Nein.

FÜRST. Vielleicht waren sie Ihnen zu trocken? Es gibt doch aber auch philosophische Juristen.

KARL. So nennen sich solche, die neben ihren andern Rechten, die oft so unrechtlich sind, auch ein Naturrecht haben, welches nicht selten noch unrechtlicher ist[68].

FÜRST. Hart abgesprochen. Sind Sie mit der Geschichte vertraut?

KARL. Der Historiker ist ein rückwärts gekehrter Prophet[69].

FÜRST. Ich liebe die Geschichte.

KARL. Der historische Styl muß vornehm sein durch nackte Gediegenheit, erhabene Eil und großartige Fröhlichkeit[70].

FÜRST. Welch' ein Bombast von Worten! Haben Sie sich vielleicht der Staatsverwaltung gewidmet?

KARL. Wenn nur nicht in den Handlungen der gesetzgebenden, ausübenden oder richterlichen Gewalt oft etwas willkürliches vorkäme, wozu sie für sich nicht berechtigt scheinen[71].

FÜRST. Was wäre dabei zu thun?

KARL. Ist die Befugniß dazu nicht etwa von der konstitutiven Gewalt entlehnt?[72]

FÜRST. Kann sein.

KARL. Die daher nothwendig auch ein Veto haben müßte?[73]

FÜRST. Jetzt merke ich, wo Sie hinaus wollen, und rathe Ihnen wohlmeinend, sich mit der Staatsverwaltung nicht zu befassen; wenigstens nicht in meinem Lande, wo Ruhe und Sittlichkeit herrschen.

KARL. Sittlichkeit? das glaube ich kaum. Denn die erste Regung der Sittlichkeit ist Opposition gegen die positive Gesetzlichkeit und konvenzionelle Rechtlichkeit.[74]

FÜRST. Das schmeckt sehr nach den neuern alles zerstörenden Grundsätzen.

KARL. Es ist natürlich, daß die Franzosen dominiren, denn sie sind eine chemische Nation; das Zeitalter ist gleichfalls ein chemisches Zeitalter[75].

FÜRST. Immer besser.

KARL. Die französische Revolution, Fichtes Wissenschaftslehre und Goethes Meister sind die größten Tendenzen des Zeitalters.

FÜRST. Nun habe ich genug. Aber noch immer weiß ich nicht, was Sie eigentlich gelernt haben?

KARL. Ich verstehe mich auf die Kunst. Ich weiß, wie Diderot Gemälde musicirt[76].

FÜRST *lächelnd.* Weiter.

KARL. Ich trage einen Theorieneierstock im Gehirn, und lege täglich wie eine Henne meine Theorie[77].

FÜRST *ein wenig ungeduldig.* Aber welches Amt wären Sie im Stande zu verwalten?

KARL. Ich wünsche blos l i b e r a l zu sein.

FÜRST. Liberal? ich kenne kein solches Amt.

KARL. Liberal ist, wer von allen Seiten und nach allen Richtungen wie von selbst frei ist, und in seiner ganzen Menschheit wirkt[78].

FÜRST. Armer Schwärmer! das kann niemand, so lange er ein Mitglied der Gesellschaft ist, welche Fleiß und Nutzen von ihm fordert.

KARL. Fleiß und Nutzen sind die Todesengel mit dem feurigen Schwerte, welche dem Menschen die Rückkehr in's Paradies verwehren[79].

FÜRST. Himmel, welche ungeheure Behauptung!

KARL. Kennen Sie, mein Fürst, die Gott ähnliche Faulheit?[80]

FÜRST. Dem Himmel sei Dank, nein!

KARL. O, Müssiggang! Müssiggang! du bist die Lebensluft der Unschuld und der Begeisterung[81].

FÜRST. Aber nicht die Lebensluft meiner Staaten.

KARL. Dich athmen die Seligen und selig ist, wer dich hat und hegt, du heiliges Kleinod!

FÜRST. Bei diesem Kleinod würden meine Unterthanen verhungern.

KARL. Einziges Fragment von Gottähnlichkeit, das uns noch aus dem Paradiese blieb!

FÜRST *sich zu den übrigen wendend.* Sie sehen, mit diesem jungen Menschen läßt sich nichts anfangen.

BARON *mit Bitterkeit und verbissenem Grimm.* Allenfalls könnten Ew. Durchlaucht einen Professor der Aesthetik aus ihm machen.

FÜRST. Ich hatte den besten Willen ihm nützlich zu werden, aber er ist der größte moralische Vagabund, der mir jemals vorgekommen ist. Er weiß nichts von Pflichten gegen Gott, den Staat und seine Mitbürger.

KARL. Aus dem Unterschied, den man zwischen Pflichten macht, entstehen die Fantome von Hingebung, Aufopferung, Großmuth, und was alles für moralisches Unheil[82].

FÜRST. Da hören Sie es. Aufopferung und Großmuth nennt er Fantome, moralisches Unheil.

KARL. Ich gebe mich selbst wie ein Kunstwerk, welches, im Freien ausgestellt, jedermann den Zutritt verstattet, und doch nur von denen genossen und verstanden wird, die Sinn und Studium mitbringen[83]

FÜRST. Sehr wohl, junger Herr, diesen Sinn und Studium habe ich freilich nicht, und alles, was mir zu Ihrer Entschuldigung übrig bleibt, ist der menschenfreundliche Glaube, daß Sie verrückt sind.

KARL. Es wird mir immer klarer und fester, daß vollendete Narrheit und Dummheit im Großen, das eigentliche Vorrecht der Männer sei[84].

FÜRST. Wirklich mißbrauchen Sie dieses Vorrecht ein wenig.

KARL. Mein Fürst, sagen und glauben Sie was Sie wollen. Es gibt unvermeidliche Lagen und Verhältnisse, die man nur dadurch liberal behandeln kann, daß man sie durch einen kühnen Act der Willkür verwandelt, und durchaus als Poesie betrachtet[85].

FÜRST. Junger Herr, ich schicke Sie einstweilen in's Tollhaus, und bitte Sie, dieses Tollhaus, Kraft Ihrer kühnen Willkür, als Poesie zu betrachten.

KARL *indem er stolz abgeht.* Das Leben des universellen Geistes ist eine ununterbrochene Kette innerer Revolutionen, alle Individuen, die ursprünglichen ewigen nämlich, leben in ihm. Er ist echter Polytheist und trägt den ganzen Olymp in sich[86]. *Ab.*

Letzte Scene.

Die Vorigen ohne Karl.

FÜRST. Das ist also unsere heutige Bildung? Impertinente Anmaßung, hochtrabender Unsinn, und gänzliche Mutlosigkeit.

BARON *bei Seite.* Ich möchte bersten!

FÜRST. Wenn diese Pest um sich greift, was soll aus der menschlichen Gesellschaft werden! Weinen Sie nicht, Madame. Er verdient Ihr Mitleid, nicht Ihren Zorn. Ein paar Jahre im Tollhause werden ihn schon zur Vernunft bringen. *Zu Hans.* Nun, mein lieber junger Freund, Sie sagen gar nichts zu dem Allen?

HANS. Ich, Ew. Durchlaucht? ich habe auch gar nichts davon verstanden.

FÜRST. Desto besser für Sie.

HANS. Ach nein, gnädigster Herr. Wenn ich Alles verstanden hätte, so würde ich vielleicht meinen Bruder zu vertheidigen wissen.

FÜRST. Schwerlich. Auch gehört das nicht in Ihr Departement, Herr Oberforstmeister.

BARON. Oberforstmeister? Wie? *Alle stutzen.*

FÜRST. Sie stutzen? kann ich denn weniger für einen Mann thun, der mir diesen Morgen vielleicht das Leben gerettet hat?

HANS *ganz verblüfft.* Ew. Durchlaucht

FRAU VON BERG. Gnädigster Fürst

FÜRST. Keinen Dank. Ich will das nicht. Es war längst mein Vorsatz, in Einem Ihrer Söhne die Verdienste seiner Vorfahren zu belohnen. Der Zufall im Wald macht mir diese Belohnung jetzt zur persönlichen Pflicht.

FRAU VON BERG *Hans umarmend.* Gott! so warst du mir zum Versorger erkohren! du, an dem ich mich oft durch Geringschätzung versündigt habe!

FÜRST. Es geschieht nicht selten, Madam, daß Eltern den simpeln, aber nützlichen Menschen vernachlässigen, und den Feuerkopf zum Liebling wählen, der Alles durcheinander wirft, aber nichts wieder in Ordnung stellt.

BARON. Gnädigster Herr ich bin so bewegt komm' her, Vetter laß dich an mein Herz drücken! Auch ich habe dir abzubitten. Ja, du bist ein wackerer Mensch, und ein guter Oberforstmeister. Du verstehst Wälder anzupflanzen, die einst unsern Nachkommen Schatten und Wärme geben werden; jener Bube versteht nur Alles auszuwurzeln, was unsern Vorfahren und uns Schatten und Wärme gab.

HANS. Mein Gott, ich habe nichts gethan, und Sie loben mich Alle.

BARON. Weil du ein löblicher Mensch bist. Ja, Hans, du sollst mein Erbe werden, mein Schwiegersohn.

HANS. Oheim! um Gotteswillen! ist das Ernst?

BARON. Ernst, Herr Oberforstmeister.

HANS. Wird Malchen wollen?

BARON. Den Hals drehe ich ihr um, wenn sie noch an dem Tollhäusler hängt.

HANS *ängstlich zu Malchen.* Cousine Schwester

MALCHEN. Nichts mehr davon *Sie reicht ihm freundlich die Hand.* Dein Weib.

HANS *an ihre Brust sinkend.* Ach! das verdien' ich nicht!

BARON. Verzeihen Ew. Durchlaucht, es ist wider den Respekt.

FÜRST. Was? doch wohl nicht diese Scene? Was könnte einem Fürsten willkomm'ner sein, als das häusliche Glück seiner Unterthanen!

Der Vorhang fällt.

Fußnoten

1 Karl trägt rund geschnittenes Haar, und seine Kleidung ist sehr nachlässig.

2 Lucinde *pag.* 182.

3 Fragmente *pag.* 63.

4 *ibid. pag.* 63.

5 *ibid. pag.* 73.

6 Fragmente *pag.* 125.

7 *ibid. pag.* 126.

8 *ibid. pag.* 63.

9 *ibid. pag.* 92.

10 *ibid. pag.* 92.

11 Fragmente *pag.* 15.

12 *ibid. pag.* 15.

13 Fragmente *pag.* 105.

14 *ibid. pag.* 7.

15 ibid pag. 5. *seq.*

16 *Belle et bonne,* man kennt den französischen Ausdruck, so viel wie d e r b .

17 Fragmente *pag.* 130.

18 Fragmente *pag.* 119.

19 *ibid. pag.* 56.

20 *ibid. pag.* 78.

21 *ibid. pag.* 79.

22 Lucinde *pag.* 115.

23 Lucinde *pag.* 71.

24 *ibid pag.* 76.

25 *ibid. pag.* 8.

26 *ibid. pag.* 9.

27 *ibid pag.* 10.

28 Lucinde *pag.* 20.

29 *ibid pag* 68.

30 *ibid. pag.* 17.

31 *ibid. pag.* 45.

32 *ibid. pag.* 105.

33 Lucinde *pag.* 107.

34 *ibid pag.* 69.

35 *ibid. pag.* 14.

36 *ibid. pag.* 101.

37 Lucinde *pag.* 120.

38 *ibid. pag.* 30.

39 *ibid. pag.* 116.

40 Fragmente *pag.* 10.

41 ibid. pag. 10.

42 *ibid. pag.* 25.

43 Lucinde *pag.* 142.

44 Fragmente *pag.* 11.

45 Fragmente *pag.* 11.

46 *ibid. pag.* 11.

47 Lucinde *pag.* 14.

48 Fragmente *pag.* 16.

49 Fragmente *pag.* 74.

50 *ibid. pag.* 35.

51 Lucinde *pag.* 40.

52 *ibid. pag.* 9.

53 *ibid. pag.* 77.

54 Lucinde *pag.* 116.

55 *ibid. pag.* 116.

56 *ibid. pag.* 116.

57 *ibid. pag.* 38.

58 Lucinde *pag.* 51.

59 Fragmente *pag.* 100.

60 Fragmente *pag.* 81.

61 *ibid. pag.* 17.

62 Lucinde *pag.* 113.

63 *ibid. pag.* 113.

64 Fragmente *pag.* 4.

65 Fragmente *pag.* 71.

66 Lucinde *pag.* 71.

67 Fragmente *pag.* 101.

68 Fragmente *pag.* 143.

69 *ibid. pag.* 20.

70 *ibid. pag.* 57.

71 *ibid. pag.* 118.

72 *ibid. pag.* 118.

73 *ibid. pag.* 118.

74 Fragmente pag. 134.

75 *ibid. pag.* 134.

76 *ibid. pag.* 46.

77 *ibid. pag.* 74.

78 Fragmente *pag.* 143.

79 Lucinde *pag.* 85.

80 *ibid. pag.* 77.

81 *ibid. pag.* 78.

82 Lucinde *pag.* 115.

83 *ibid. pag.* 96.

84 Lucinde *pag.* 96.

85 Fragmente *pag.* 139.

86 *ibid pag.* 146.